ZHUO
MU
NIAO
MI
JING

胡冬林 著

啄木鸟秘境

图书在版编目（CIP）数据

啄木鸟秘境 / 胡冬林著. -- 长春：时代文艺出版
社, 2023.6
　ISBN 978-7-5387-7105-3

　Ⅰ. ①啄… Ⅱ. ①胡… Ⅲ. ①散文集－中国－当代
Ⅳ. ①I267

中国国家版本馆CIP数据核字(2022)第226251号

啄木鸟秘境
ZHUOMUNIAO MIJING

胡冬林　著

出 品 人：吴　刚
选题策划：焦　瑛
责任编辑：焦　瑛
插画作者：卜昭禹
版式设计：张　帆
封面设计：青空工作室
排版制作：陈　阳

出版发行：时代文艺出版社
地　　　址：长春市福祉大路5788号　龙腾国际大厦A座15层　（130118）
电　　　话：0431-81629751（总编办）　　0431-81629758（发行部）
官方微博：weibo.com/tlapress
开　　本：880mm×1230mm　1/32
字　　数：80千字
印　　张：3
印　　刷：吉林省恒盛印刷有限公司
版　　次：2023年6月第1版
印　　次：2023年6月第1次印刷
定　　价：26.80元

当你拿起这本书时，

我替我倾注心血写作的这些可爱的动物——青羊、水獭、熊、狍、马鹿、星鸦、狐狸、山猫们感谢你！

胡冬林

Contents
目录

ZHUO
MU
NIAO
MI
JING

第一章

森林深处的敲门声

　　三月初，严冬冻透的森林还未醒来，在清晨明亮的阳光与寒峭的薄雾中默默矗立。这时节进山，山里只有灰蒙蒙的森林和皑皑白雪，到处色彩单调，静谧无声，不见一丝活物的身影。森林被枯寂和惨淡的景色笼罩着，似乎永无尽头。

　　梆嘟嘟嘟……一串串高昂急促的鼓点忽然响起，一下子打破了黎明的寂静，也响进了你的心里。它脆快中带点圆润，听上去似用一根木棍不断敲打一段稍许潮湿的硬质响木。它来自莽莽山林，旷远洪亮，充满生机，洋溢着对明媚春天的憧憬，不知疲倦地在空中奏鸣着、滚动着、回荡着、扩展着，一波波传遍数重大山，立刻给寒封一冬的山林带来一阵急切清新的敲门声。你不知道声音来自何处，更不知道声音出自何种动物，只知道广袤林海在漫漫冬季的末期被它渐渐敲醒，万千冬眠中的生物睁开惺忪的睡眼，倾听这响彻天地的敲门声。

这是北方森林最早的迎春鼓点，是白背啄木鸟用它坚实的长喙匆匆敲响的木鼓之歌，是它占地求偶的嘹亮领鼓。

山林中的一切生物也已经感受到早春的气息，体内的生物钟在冬眠后期的朦胧苏醒中。大森林像一个清晨假寐中慢慢醒来的巨人，听到这清脆的敲门声，赶走最后一丝昏沉沉的睡意。在山上，只要你听到白背啄木鸟敲响的木鼓之歌，心头会泛起一股突如其来的欢喜波浪，恨不得把这种感受告诉每一个人。哪怕只听到过一次，那声音就会铭刻心底，永难忘记。

跟在白背啄木鸟后面宣告占地求偶的是绿啄木鸟、黑啄木鸟和大斑啄木鸟，它们交替奏响木鼓之

⊙ 梆嘟嘟嘟……一串串高昂急促的鼓点忽然响起，这是北方森林最早的迎春鼓点，是白背啄木鸟用它坚实的长喙匆匆敲响的木鼓之歌。

歌。它们一旦开始敲打，森林便热闹起来，一群又一群鼓手和歌手以它们各具特色的敲打、鸣啭和啁啾加入迎春大合唱。到处现出最鲜明的颜色和最嘹亮的歌声，残雪处处灰暗的森林立刻变了模样，朝气蓬勃的欢欣赶走了凄苦愁闷的气氛。鸟类唤醒了森林，唤来了春天。

第二章

领唱者

　　嘌嘌嘌嘌……一串高亢清丽的鸣叫响彻山林，极似纯真女孩无羁的畅笑。

　　绿啄木鸟抢先出场了，它总是以它独具特色的鸣叫宣告它的出场。常进山的人都熟悉这种叫声，一年四季它都在鸣叫。我曾在凌晨两点半，听见它在初秋早晨的第一声亮啼，叫醒了夜宿的鸟群。不过这早春的鸣叫更加水润嘹亮。

　　它往往站在领地中央最高的大树的顶尖，让歌声传遍四面八方。晨晖映照在它身上发出淡金光泽，使碧绿鸟羽呈明亮的绿金色，在蓝天的衬托下似一尊盈透玲珑的绿色玉雕。歌唱时它伸颈向天，唱出一串串求爱的晨歌。

⊙ 绿啄木鸟抢先出场了，它总是以它独具特色的鸣叫宣告它的出场。晨晖映照在它身上发出淡金光泽，在蓝天的衬托下似一尊盈透玲珑的绿色玉雕。

　　这歌曲具强劲穿透力，单纯直接，近乎原始，全无抑扬顿挫的韵律，但它却是第一个唱响早春情歌的鸟类，之后陆续才有各种鸟类亮开歌喉。鸟歌嘹亮，传唱四季。它是十种啄木鸟中最爱鸣唱的，歌声中洋溢着旺盛活力与热烈情意，那是它的生命之歌，是早春森林的前奏曲，是它生命中一年一度最美丽的绽放。

第三章

木鼓之歌

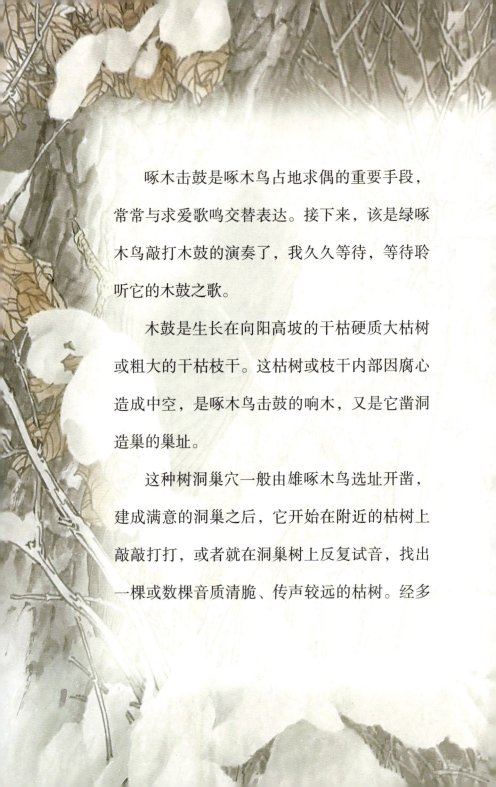

　　啄木击鼓是啄木鸟占地求偶的重要手段，常常与求爱歌鸣交替表达。接下来，该是绿啄木鸟敲打木鼓的演奏了，我久久等待，等待聆听它的木鼓之歌。

　　木鼓是生长在向阳高坡的干枯硬质大枯树或粗大的干枯枝干。这枯树或枝干内部因腐心造成中空，是啄木鸟击鼓的响木，又是它凿洞造巢的巢址。

　　这种树洞巢穴一般由雄啄木鸟选址开凿，建成满意的洞巢之后，它开始在附近的枯树上敲敲打打，或者就在洞巢树上反复试音，找出一棵或数棵音质清脆、传声较远的枯树。经多次试音后，找出最满意的那一段空心木当作木鼓。

通过长时间的持续敲击木鼓发出声响，一来告知同类已占据这理想的造巢地盘；二来招引雌鸟相看新郎和新房。雌鸟如果满意，会做出接受雄鸟求爱的表示，双方建立恩爱的小家。

这样千万年固定不变的占地求偶习性，使木鼓的作用变得十分重要，所以啄木鸟选择的枯树要高大突出、材质干燥，达到声音响、传声远且有数波回声的效果，尽量让数平方公里范围内的雌鸟都听到自己的求爱奏鸣曲。

当时，绿啄木鸟的歌声绵绵不绝，一个宏大的声响震得我浑身一抖。

咣咣咣咣……真有声势啊，而且共鸣极好，好像有人持木槌在一棵大空筒子树上用力敲打。这声音洪亮中带点沉闷，在林中激起一波波震耳的声浪。

我急转身，向发声方向望去，寻找那个制造如此惊人声响的人或动物。好在对方并未觉察我的存在，只管自顾自敲打。

不过，这声音虽大，敲出的点儿却是啄木鸟的路数，连击四五下之后接着一个密集得听不出个数的拖长尾音。这个尾音连成一线，嗡鸣似和声并带出拖得很长的回响，宛如用力弹拨琴弦久久抖动后的余音。枯木不死啊，啄木鸟的大力啄击，唤醒了它体内那根沉睡已久的清脆的响弦，那持续有力的嗡鸣，久久回荡在群山之间。

第四章

黑啄木鸟的情歌

循着震耳的鼓声，我一直走到黑啄木鸟击鼓的擂台下。真威风啊！半米长漆黑的身体闪耀着金属光泽，宛如闪光的煤精雕就。头部形似尖头铁锤，不住点地向下快速敲打那面一搂粗枯树干代替的大鼓。一抹红得耀眼的朱红从额前延至后脑，急遽敲打中犹如一簇旺燃的红火簌簌跳动，仿佛要点燃整棵大树。一双似钢铁铸造的大张钩爪紧紧抓住树干，结实颀长的黑尾牢牢支撑树身，使它的全身呈后蹲姿态，保证它头颈部大力频频挥动，那形态颇似一台设计精密的小型打桩机。晨晖正好照彻全身，给它身体的向阳面涂一层淡金色亮光，抖动中金光灿灿，恍若神物，使暗淡的原始森林改变了模样，到处充满阳光。

　　我退到一丛矮松树后面伫立良久，沉浸在这热烈有力蕴含无限活力的巨大声浪中。忽然，鼓声停止了。少顷，一种激越嘹亮的鸣叫响彻森林。

　　嘎，刚刚刚！嘎，刚刚刚！

　　头一声嘹唳似一声刚硬的大嗓门提醒，"看，我在这儿！"着重在"看"。后面的叫声在告诉对方自己的方位。哦，它在招呼女生。我听懂了。

　　探头出去，旁边的大树干上落下另一只黑啄木鸟，正抻脖子探看黑鼓手。原来雌鸟被它的鼓声吸引，飞来看准新郎。

　　那位求婚者见雌性鸟影，叫声更急，声音更大。

　　声声急，声声唤，这是它求偶二重奏的第二段，鼓声震天之后的大唱爱歌。

　　这种人类听来也许觉得单调无趣，不符音韵的短歌，在雌鸟听来，却是一曲情真意切表达海誓山盟的爱情之歌。

⊙ 循着震耳的鼓声，我一直走到黑啄木鸟击鼓的擂台下。真威风啊！
嘎，刚刚刚！嘎，刚刚刚！哦，它在招呼女生。

　　和人类一样，歌声里有心急火燎的催促，迫切的相思，无限的情意，永久的承诺……而雌鸟用审视甚至挑剔的目光来相看准新郎和它建造的新房，依满意与否决定是去是留。

　　此时它已跳到准新郎的大树上，看样子，它喜欢这个能击鼓又会唱歌的小伙子。未婚异性初识，尤其彼此互生好感，这时候是最敏感最羞怯的微妙阶段。

　　我悄悄向后退走，这是它们一生中最重要的时候，绝不能打扰。信天翁年轻时配对成双，此后缠绵相守五十年，是地球上感情维系最长的鸟类。黑啄木鸟一旦求婚成功，小两口也会厮守终生，十几年共住一个树洞巢。

　　那年冬天，我在二道白河水渠边见到三棵从头到脚被剥光树皮，树身被凿啄得千疮百孔的高大云杉和鱼鳞松枯树。每株树下都堆着大堆的大块干树皮。此处距初春见到黑啄木鸟求偶的地方不足两公里，是那对小夫妻干的活儿。

黑啄木鸟终生固守领地，在家域十公里范围内觅食。一棵枯死的云杉上约有上千只蠹虫钻孔打洞，黑啄木鸟一旦发现虫孔，便整日守着枯树敲敲打打，来一次彻底的大手术。钻入树皮下和木质部深处的蠹虫能很快毁掉一棵茁壮的大树，只有啄木鸟能消灭它们，尤其黑啄木鸟对森林贡献巨大。

真遗憾，它们专心捉虫时声响很大，我却没有发现，那是个多好的观察机会呀。靠近观察与打扰对方是一对矛盾，它们贪馋觅食时应该是个隐蔽观察的大好机会。

黑啄木鸟还有两种打招呼的鸣叫，其中一种很有特色的鸣叫，我在长篇散文《蘑菇课》中有详尽的描述，大概是召唤远处的伴侣。另一种鸣叫它经常用，是召唤附近的同伴，哽——嘎——，哽——嘎——。"哽"音近似拟音，后面的那个"嘎"像是一种呻唤，拖得很长，尾音渐弱，像人在用假声发出细声细气长长的呻唤。去年秋天，我又听到了同样的叫声，在不远处的林中。循声过去，发现在那棵熟悉的大枯树上端，一只黑啄木鸟在树洞旁鸣叫。

这是那对黑啄木鸟——我的珍稀而又尊贵的新邻居的家啊。

第五章
大斑啄木鸟等来"意中人"

愈古老的原始森林愈珍贵。长白山的原始森林有三百年以上的历史，林中有数不清的各种枯死的杨树、松树及橡树，它们木质酥脆，大多有腐心，是啄木鸟造巢的理想地点。原始森林是地球上的自然圣殿，林中的一切都是宝贵的财富。

看见那棵上中下连凿了三个洞的洞巢树时，我格外高兴。树就在河边，可以常来看看它们忙碌吵闹的生活。大斑啄木鸟在旁边的树上击鼓，嘟嘟嘟嘟嘟……声音有力、圆滑，虽没有白背啄木鸟的鼓声响，却透出一股水灵灵的活泼劲头儿。

这种啄木鸟十分美丽，尤其求偶期婚羽格外艳丽，第一眼看去花哨得令人目眩。那遍体白花斑和花纹点缀在雄鸟漆黑的羽衣上，像白色花瓣一样闪闪放光。胸腹雪白中透着淡淡橙黄，至两胁呈火焰般橙红，仿佛它迸发的热情。头顶那朵鲜红与颈部红环红得像滚烫的火炭，点燃了它体内求爱的火。这样的艳丽飞鸟在暗色的林梢穿梭，简直像一朵林中飞花。

在林中行走一天，至少要听到两三处大斑啄木鸟的鼓声。有一只勤勉但不太艳丽的啄木鸟每天都在啄木击鼓，却总不被雌鸟相中，它勤勤恳恳，毫不气馁，一连敲鼓九天，终于等来了"意中人"。

大斑啄木鸟的喙十分坚硬，堪称"钢嘴"。它们钟爱正当年的橡树，不管材质多硬，它只管哐哐哐凿将去，有的还专往木节子上叨。这是森林中数量最多的啄木鸟。

这时，一只在林中穿梭的鸟影进入眼帘，谁呀，飞得如此快速轻盈，是松雀鹰吗？它时而大幅度升降，时而飞快兜圈子，时而笔直穿行，简直像一颗小流星。

定睛细看，是只漂亮的大斑啄木鸟。我太熟悉它飞行的路数了。但它今天与平日里的飞行太不一样，飞行速度和姿态异常快速灵活，我的眼睛几乎跟不上。尽管树林很密，它却一根细枝和枯叶都未刮擦到。看来它集中了全部精神投入这场尽展飞行绝技的表演。不过，令人眼花缭乱的飞行中透出一股急匆匆的炫耀劲儿，动作幅度大且夸张，不知疲倦，仿佛全身陡然注入了无比旺盛的活力。这场景真让我大开眼界，也激起强烈的好奇心，平时啄木鸟目的性很强，绝不轻易耗费宝贵的热量，它为什么如此表现？对了，只有在求偶季，当着心仪雌鸟的面它才会这样表演。

一只凝止不动的鸟影吸引了我的目光，果然是雌性大斑啄木鸟，颈后无红颈环。雌鸟来挑选新郎时，总能寻一个最佳的观赏点——一根高高伸出的树枝。

别看高枝上的雌鸟一动不动，其实它目光流转，一直在展示各种本领的雄鸟身上。雄鸟的飞行更加卖力，展示各种飞行本领的速度加快且隐约有风声。雕塑一样的雌鸟忽然动了，它扭头打量一下雄鸟，展翅跃下树梢，紧跟在流星般飞掠的雄鸟身后，一起在林中穿进掠出，它的飞行技巧一点儿也不比雄鸟逊色。

雄鸟在雌鸟面前表现的这一切，为的是让对方看到自己迅捷的飞行、鲜丽的羽色和灵活的姿态，表现自己年轻健美机敏的身体，好身体也意味着生存能力强，能照顾好妻儿，给子女强壮的基因。雌鸟找配偶时最看重的就是未来老公强健机敏的身体，它要繁殖最好的后代。

望着在树林间你追我赶的那对年轻美丽、沉浸在热恋中的鸟儿，我知道，雌鸟这么做完全是因为发自内心的喜爱。这是一个多么幸福的开始啊。我一定要在不打扰它们的前提下，隔三岔五来看看小两口儿的幸福生活。

万万没想到，第二天我兴冲冲地背着迷彩帐篷来到洞巢树附近，躲在大树后面举起望远镜望去——冷冷清清，拳头大的三个洞口个个冷冷清清。它们走了，不想在这棵树上建立新家。但我还抱着一丝希望，也许它们出去觅食了，等等看吧。等了一上午，之后又连续三天来这里，它们再也没有出现。放弃这棵洞巢树，一定是雌鸟的主张。这等大事是雌鸟说了算，其中的原因我们人类无法搞清楚。另找一个它认为安全的地方重选巢址，鸟类自有鸟类的想法。

第六章
小星头啄木鸟的舞蹈表演

听过白背啄木鸟的领鼓、黑啄木鸟的大鼓和大斑啄木鸟的中音鼓之后，棕腹啄木鸟和三趾啄木鸟的弱中音也陆续敲响，小斑啄木鸟细碎的小鼓也频频响起。

仿佛一夜之间，森林里所有大大小小的雄性啄木鸟都接到春消息，施展各自的身手在木鼓上敲敲打打，组成了一支松散而庞大的鼓手群，急切响亮的群鼓奏鸣传遍森林每一个角落。

让我想不到的是，啄木鸟大家族中个头最小的小星头啄木鸟，会有那么出人意料的华丽登场。这种稀有的小鸟全长十五厘米，跟大山雀差不多大，常混入各种山雀的群体，"咭——喊喊"地叫，异常活泼好动，爱追逐打闹而显得十分突出。

在山坡上，忽听树上传来拖噜噜——拖噜噜——的欢快声响。定睛看，是它，几乎近在眼前。它正在做出奇怪的举动，起劲儿地用双翅拍打胸脯，发出一串串声响。

又学会一个啄木鸟求偶新招数——拍胸脯。这无疑是一种占地宣告和求爱表演，作用与啄木击鼓相同。

一个小巧灵活的鸟影一闪，雌鸟闻声而至，灵巧地绕树飞旋。雄鸟立即起飞，跟在雌鸟身后，在树杈间一前一后舞蹈般盘旋。咦，又一只鸟加入进来。

三只鸟忽高忽低、忽左忽右异常快速地绕圈飞舞，飞舞中两只鸟突然在空中相撞，转眼便缠斗在一起，随后又马上分开。

追逐、厮打、纠缠、分开、飞来荡去，速度快得根本就看不清厮打的细节。

⊙ 雌鸟原本身后跟着一个追求者，它肯定对这个追求者不太满意，又被这只雄鸟拍打胸脯的声音深深吸引，便毫不犹豫地飞来另寻新欢。

忽然，一切又都停止了，三只鸟呈三角形落在树杈间。

求偶场多了一个竞争者，应该是常见现象，可我是头一回见。

雄性小星头啄木鸟头枕两侧各有一个小红细斑，多出那个竞争者应该是雄性。举望远镜细看，果然如此，两雄一雌。

雌鸟原本身后跟着一个追求者，它肯定对这个追求者不太满意，又被这只雄鸟拍打胸脯的声音深深吸引，便毫不犹豫地飞来另寻新欢。在鸟类世界，求偶成功与否，由雌鸟说了算，雄鸟只是候选者。但先前那个追求者不甘心，仍纠缠不休。

啾啾啾啾……一只雄鸟忽然发声，音色干净脆亮，虽嗓门不大，但相当卖力。这一定是它的求偶鸣叫，雄鸟把十八般武艺都亮出来了。听到叫声，雌鸟立刻落到它落脚的那棵树。另一只雄鸟马上起飞拦截，三只鸟又开始在树枝间追打起来，把前一次追逐厮打重演了一遍。再次落下后，三只鸟默默蹲伏在各自的树杈上不动。少顷，一只雄鸟侧过身体，向空中举起一扇张开的翅膀。

我大吃一惊，举起望远镜仔细观察。

举起的是左翅，污白色或淡灰色的内翅朝向我，此刻已被阳光映透，像一面高挺笔直、帆面张开的小小白帆。半透明翼扇上根根翎羽紧绷，弧线优美的羽翮一列列匀称排开，羽毛的每一个细纹、羽斑都纤毫毕现，又像一幅精雅的扇面。忽然，雪白的翅膀幻化成浅褐颜色，翅面还分布米粒大棕斑，像一张透明的脉络分明的饱满树叶。三月初哪来的树叶呀？细细地看，原来它收敛左翅，举起浅褐翅面的另一侧右翅，右翅的褐色覆羽朝向我，亦被阳光映透。于是我看到了雪白的左翅和浅褐右翅，而且都呈现出半透明的精致翅翼图案。就这样，它忽左忽右向雌鸟轮番举起左右单翅，尽情地展示着美丽翅膀。或者，它在跳一种举翅舞也说不定，答案只有它们知道。

后来，这三只精力无限的小鸟追追打打，渐渐离去，我没看到最后的结果，但见识了这场罕见表演已经足够。

热带雨林的鸟类，在求偶时有鼓翅炫耀的行为，今天它们告诉我，寒温带森林的鸟儿也拥有这种本领。

我是多么幸运啊，每一次不知疲倦的森林行走，都能亲眼看到原始森林呈现的美丽奇观。

第七章

求婚仪式

惊蛰至春分的短短十几天，啄木鸟们的求偶表演渐至高潮。连续数年，我坚持上山观察，终于在二〇一一年的早春，大森林又一次拉开帷幕，让我看到一场绿啄木鸟表演的"惊艳"之舞。

当然，勾引的老招数——击鼓和唱歌——是不变的，直到雌鸟闻声而来。当它落在枝头，偏转头颈，带着好奇而审视的目光凝眸雄鸟的刹那，雄鸟全身立刻像通了电一样发生一阵震颤，震颤中它微张双翅，蓬起头上及颈后的羽毛，塌腰奋尾，一副怒气冲冲的打架模样。

不对，考虑当时的情境，正相反，它被一股狂喜冲昏头脑，要干点疯狂举动去吸引女生的注意。

隐蔽好的我刚冒出这个念头，它已转入下一个动作，开始了一番奇特的、让我瞠目结舌的举动。

它双翅快速抖摆，浑身剧烈摇颤，身上每根羽毛都竖立蓬松，使形体显得更大。同时双脚不住点地倒腾，一边大幅摇摆身体，一边沿树干一耸一耸地奔窜。

这是它的炫耀表演吗？这种行为毫无规矩也毫无控制，只是一种无序的用一切异样举动吸引雌鸟注意的半疯狂行为。但如果是为吸引雌鸟注意，那就一定是炫耀性表演。

它奔窜、摇摆、颤动，幅度大且招摇，使它的整个身体变成了一个由三种连贯动作组成的热烈而欢快的银绿色毛球。

在人类眼里，它的舞姿可笑而滑稽，如果称它为"舞蹈"的话，那是机械舞与街舞混合的怪诞之舞。

然而在雌鸟眼里，它肯定是一个身手利落舞姿

⊙ 惊蛰至春分的短短十几天，啄木鸟们的求偶表演渐至高潮。雄性绿啄木鸟以新凿的洞巢为中心，跳一个极尽炫耀的邀请舞，邀请雌鸟前来参观新巢。

狂放的劲舞高手，它所表演的一切，都强烈打动它
（她）的芳心，使雌鸟情不自禁在树杈上向前挪移，
脖颈上的羽毛也不自觉地耸动起落。舞者踏步舞动了
三十秒钟，沿树干上行七八米，这时忽然横移，边舞
边沿横枝杈向梢头舞去，直到压弯梢头才蓦地转身，
抖抖颤颤舞向另一面的横枝。

它这样上上下下、左左右右、摇摇扭扭，沿树干
走向和枝杈分布边舞边行，舞出一个个大大的歪歪扭
扭的十字。

太阳从云层中露头，整棵树被瞬间照亮，舞蹈的
鸟儿在阳光映照下身体像被涂上一层银光，这银光随
着它疯狂摇摆四处迸射，使它的舞蹈更加炫目，连带
这棵树也仿佛随着它疯狂起舞。

噢，这个阳光小舞者，把整棵树都变成了舞蹈之
树，使千万棵树组成的树林全都黯然失色，只有它是
唯一，唯一一棵跟随啄木鸟共舞的树。树会起舞吗？

狂风中的树，斧锯下的树，山火中的树，都在毁灭中起舞。然而，春天里最早焕发勃勃生机的树，却是被啄木鸟选作起舞的树。我和雌鸟一起目不转睛（尽管我没有扭头看它），我相信它一定会被这个为它唯一一个观众所跳的非常之舞所征服。

我明白了，它是在以新凿的洞巢为中心，使尽全身解数，跳一个极尽炫耀的邀请舞，邀请雌鸟前来参观新巢，如果达到心目中的满意度，它将与它共同组建一个小家。果然，"噗啦"一声，雌鸟展翅飞落到新巢的洞口旁，侧目向洞内望去。它立刻停止一切舞蹈，伏下身体，贴伏在树干上，一动不动地望着雌鸟。似乎在说：拜托，请进去看看我造的新居，选址、布置、装修是否合意？不行的话，我再造一个更好的新房。原来这是绿啄木鸟全套求婚仪式啊！人类的求婚仪式有许多种，或简单或复杂，但都离不开男方向女方真诚表明心迹，然后奉上新生活的基本保障。啄木鸟与人类一样，它的求婚仪式靠卖力的演奏连带舞蹈来展示自己的体力，最后向女方献上一个新家。被它打动的雌鸟进入新巢审视一番，若满意，就伏下身子趴在巢中，做出交合的暗示，于是小两口儿共结连理，订下终身，为哺育第一窝小宝宝忙碌起来。

它们俩——森林中的舞者和观众——万万没想到还有第三双眼睛注视这一切，也万万没想到这个外来者的态度在随着深入观察发生着变化——我被彻底征服了，和雌鸟一道。

在写下上面的文字之前，接到在北京实习的女儿发来的短信："上海台《舞林争霸》超好看！"不但超好看，而且很感人，于是连看数期，过足了瘾。可是，人类舞蹈与鸟类舞蹈是在不同的舞台上表演：人工灯光下和自然阳光下的不同舞台；欲望颇多与目的单一的不同舞台；经过长期艰苦训练与发自内心本真表演的不同舞台……孰轻孰重？孰远孰近？孰生孰亲？孰短暂孰久远？我心里早有答案。他们有三个舞蹈界大腕点评，上亿观众为之倾倒。它们只有我一个人为之默默着迷。我多么希望反过来呀，怕是永远不能。

它们的舞蹈已经跳了千万年，这是啄木鸟的永恒之舞。人类再美丽的容颜、再时尚的服饰，再奇幻的舞姿最终都会像流水一样逝去。只要神圣的森林永存，比人类早诞生一千六百万年的鸟类也会永存，即使因下一个冰河期到来而灭绝，也会在下一次生命轮回中重生！

第八章
绿啄木鸟的丛林课

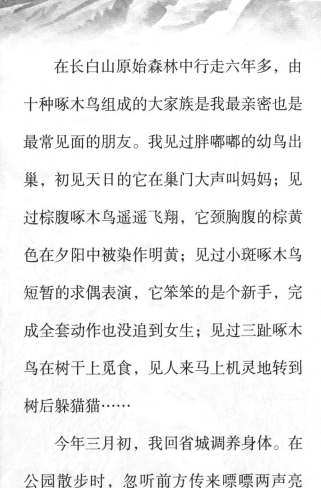

　　在长白山原始森林中行走六年多，由十种啄木鸟组成的大家族是我最亲密也是最常见面的朋友。我见过胖嘟嘟的幼鸟出巢，初见天日的它在巢门大声叫妈妈；见过棕腹啄木鸟遥遥飞翔，它颈胸腹的棕黄色在夕阳中被染作明黄；见过小斑啄木鸟短暂的求偶表演，它笨笨的是个新手，完成全套动作也没追到女生；见过三趾啄木鸟在树干上觅食，见人来马上机灵地转到树后躲猫猫……

　　今年三月初，我回省城调养身体。在公园散步时，忽听前方传来嘌嘌两声亮鸣。抬头看上去，不远处的杨树枝上，一只绿啄木鸟盘在上面，向远方鸣叫。

绿啄木鸟——我的老邻居。恍惚间，我仿佛回到了长白山原始林，面对一只安坐树上绿松石雕刻般的绿啄木鸟。我下意识地去抓相机，抓了两抓，胸前和右腰，都抓了个空，这才意识到自己身在长春公园。

少年时在山里见过它的身影，以后每隔几年都有缘见到。印象很深的是二〇〇七年冬，河边的黄波椤（黄檗）树结满了一串串黑色果实，每天吸引一群绿啄木鸟来树上啄食。这果实拇指甲大小，乌黑干瘪，初尝时有甜味，之后泛出难耐的辛辣涩麻，马上就得吐掉。可观察来树上啄食的绿啄木鸟们，个个都忙碌着，而且为了吃到干果，它们像杂技演员一样做出各种各样平日里难得一见的高难度动作，看来这果实是它们喜欢的食物。

那几日也是我忙碌的日子，每天上午阳光充足时便急火火赶来，选位置隐蔽，待鸟儿们展现各种姿态时一通狂拍。一连三日，已知它们在每天的上午和下午阳光最盛的时候飞来啄食。那些天，绿啄木鸟的飞行姿态、体形、羽色、花纹、眼神等种种特征都深深印在我的脑海，直到今天仍历历在目。

由于喧嚣的鸟儿飞旋吵闹，其他留鸟也到附近凑热闹。不同种的鸟儿有互相吸引一块觅食的聚群习性，因为聚集的地方既安全又有丰富的食物。

这些凑热闹的鸟儿给我印象最深的是鸫科鸟类、大斑啄木鸟和长尾雀。斑鸫本属夏候鸟，但也有少部分留下过冬，长白山就有它们的身影。斑鸫也喜食树木种子，那几天常环绕在绿啄木鸟的外围，等人家吃饱离开，才去黄波椤树上吃几口。

绿啄木鸟人多势众，聚集时多达十一只，估计整个家族沾亲带故的都到了。大斑啄木鸟来附近觅食，只因树上有多只绿啄木鸟当哨兵，有人打扰自会做出反应，所以放心大胆地在居民的桦子垛上捉蛀虫。这小机灵鬼明白在新劈的劈柴里找虫子，比在树上凿洞省力省时。

长尾雀俗名春红，全身淡玫瑰红色，三三两两的喜欢在黄波椤树下的蒿草中寻草籽，有时就在我眼皮底下居居居边叫边溜达。这种美丽的小鸟叫声文弱，羽色极富魅力，通体粉红，我更愿意叫它们的老名长尾粉红雀，它们是我镜头中的常客。

偶尔，红腹灰雀和普通鸸也来河边灌木丛中觅食，绿头鸭们更是河里的常客。那几天，我还与一只麝鼠走了个面对面，它扑通一声入水，淡黄色的身子在清澈的水下飞快潜游而去。

绿啄木鸟数量不多但较常见，它们不太怕人，而且经常在林缘活动。与这个吃黄波椤树果实的家族相识后，我跟它们保持了长达五年的友谊。因为它们中的一对（可能就是跳舞求爱的那一对），把家安在了二道白河西边小山冈背后的次生林里。小两口的家域

⊙ 偶尔，红腹灰雀和普通鸭也来河边灌木丛中觅食，绿头鸭们
更是河里的常客。那几天，我还与一只麝鼠走了个面对面。

旁边有一条林间小路，是我去寒葱沟原始森林的必经之路，所以跟它们经常见面。

第二次相遇，是在转过年的五月中旬，我从山里回来，忽见路边丛林深处有鸟影闪动，接着飞到高处叽叽呱呱调笑。蹑手蹑脚走近去看，一株大枯杨高处，侧面隐约有树洞，更有一鸟后半身扭动进巢。森林里有太多隐藏得极巧妙的鸟巢，与周围环境融合得天衣无缝。若能碰巧遇见一窝，等于海滩沙石中寻见一枚宝石。

我知道鸟巢的珍贵，那是森林的无价之宝。于是伫立如桩。哪知在树洞边阴影中，一个灰暗树瘤倏地侧转，向我凝视片刻，忽地振翅起飞，一个短距离冲刺，穿入小溪边的柳条丛中，稍后传来亮啼。

啊，绿啄木鸟！于是移步过去，透过层层柳帘，见它贴在矮树上并有啼鸣传出。距七八米止步，学相同鸣叫作答，绿啄木鸟亮脆水灵的召唤须勒嗓假声才像。它回应了；再叫，再回应。不由且惊且喜：与鸟应答，入心入境，极真极纯。

世上最动人的时光往往很短暂，自然与人的融合同样短暂。五分钟后，它不再响应，牢牢紧贴树干不动，似听出或看出我非同类。为安全计，它完全化身为树的一部分。如此做法，属自保习性，往往能在天敌眼前蒙混过关。

我叫啊叫啊，叫了很久。同样，它把自己当成树也当了很久。最后我看看表，已过两小时，实在挺不住，举相机迈前一步。

一直背对我的它像脑后长了眼睛一样，马上振翅起飞，落在十米外的小树上一动不动。只有十步远，还过去吗？它明摆着想引诱我再过去，用它那一动不动的魔法跟我再耗两小时。

这才明白它真正的用心，它鸣叫并非表达愉悦情绪，而是向伴侣报警并兼有吸引我注意力的作用。我有个毛病，观察动物时往往忘记一切。它恰恰利用了我这个毛病，成功把我的注意力从它的巢边引开。

几次交往下来，绿啄木鸟给我上了几次宝贵的丛林课，因此对它格外尊重，以后再也不靠近它家。如果瞥见青色鸟影，只远远用望远镜观察它的行动，再不动拍摄它的念头。

没想到，后来这个家族的一个孩子，竟意外来我家做了一回小客人。

第九章
和松鼠“开战”

　　我常走的山路上有许多标志物，它们大都是较醒目的自然物。有时是一座突兀的巨石，或是一棵特征鲜明的大树，再或是一条横穿路面的小溪；还有时是一个松鼠巢、一盘倒木树根、一丛空中摇曳的冬青……总之，每一个在身边掠过的有特点的自然物都逃不过我的眼睛，它或它们，必然要接受我的特殊待遇，这待遇便是为它们命名，尽量准确、易记并最好带有一些文化意味或诗意。

　　每次路过这样的标志物，我都或是在它旁边歇脚，或是前后左右流连一番。

　　以野生动物命名的标志物要多一些，其中每一个都有一段鲜活而深刻的记忆。其中有一个叫"大斑雕花树桩"标志物。

大斑指的是大斑啄木鸟，雕花树桩指的是一棵两搂粗、一丈五高的大树桩。树桩是大空心木，而且一半树身已干裂崩落，敞口的树桩像个半圆形内部掏空的站立的大木槽，木槽的内壁已完全枯朽，极度干燥使朽木内部表面皱缩成一条条规整的短波浪纹。它们一纹连一纹，一片连一片，精细紧致，色泽朴素浑然天成，是大自然不经意间精雕细镂的工艺木雕，具有人类无法创造的素雅之美。每次路过，我都长久地驻足观赏，打心眼儿里赞叹原始森林中枯朽树木呈现出的独特魅力。

这棵大树桩还有一个值得流连之处，早春时节，在这个地点听大斑啄木鸟及相邻的其他啄木鸟的木鼓之歌，声音来得格外清晰，因为这里是那只击鼓而歌的大斑啄木鸟领地的东南边界。站在这里，能听到森林中此起彼伏的木鼓声。这声音告诉你：这里是啄木鸟的世界，它们与森林同生存共命运。

初夏的一天，我来这片林子采香菇。林子里有几棵老橡树倒木，如果那年雨水充足，倒木上会长出肥美的香菇，行行缕缕长满整棵倒木。每次远远看见长满赭红色花朵般大香菇的黑沉沉倒木，心头涌出的惊喜简直无法形容。不单单午餐或晚餐有了着落，还相当于发现了森林的一处宝藏。 这宝藏有时是一挂初染白霜的山葡萄、一颗有托壳的新橡果、一个盛满籽粒的百合花蒴果、一枝缀满莹透红果的槲寄生青枝、一盏编织精妙的雀巢……森林的奇妙造物带给你的惊喜是无限的。

在散散落落地长着香菇的大倒木旁边，我总是强忍蚊蚋的叮咬，先给大城市里朋友们发一通短信，表达内心的欢喜。然后拍照，接着用小刀把一朵朵香菇韧柄割断，把摘下的香菇堆成小堆，再把几小堆蘑菇收进筐里。那天仅在一棵倒木上就收获了六七斤香菇，虽然脸上手上被蚊子叮了七八个包。当我兴冲冲满载而归时，头顶绿油油的树冠中忽然起了大喧嚣。

驾驾驾……一阵阵急匆匆的糙粝鸟鸣在我四周响起。它忽上忽下，忽左忽右，不断发出愤怒抗议和惊恐呼叫。它动作太急太快了，一刻不停围绕我蹿跳飞旋，几乎看不清鸟影。但我还是看见了那一闪即逝的迅疾黑影，是大斑啄木鸟妈妈。

它如此躁动不安，肯定原因在我，附近应该有它的洞巢。今天是六月五日，健康长大的幼鸟快要出窝了，鸟妈妈要拼命护巢。

为使它不再焦躁，我转向树后躲避。

嘎嘎嘎！清润嘹亮的鸟鸣从眼前黑洞洞的树洞里传出。

是幼鸟。小家伙尚不知危险为何物，见洞外影子晃动，以为妈妈归来，立刻张大嘴索食，这是乞食的鸣叫。树洞齐眉高，洞口约小儿拳头大小。里面黑洞

⊙ 如果雨水充足，倒木上会长出肥美的香菇，行行缕缕长满整棵倒木……森林的奇妙造物带给你的惊喜是无限的。

洞什么也看不清。

大喜。以往见过的啄木鸟洞巢都高高在上，这是第一次遇见雏鸟在巢中的鸟巢。只需将镜头放在洞口，启动闪光灯再按快门——不，不行啊。幼鸟见不得强光，视网膜太嫩弱，和婴儿一样。

这时亲鸟已飞临我的斜上方，斥骂声更加激烈并相当惊慌。

我收回相机，迅速转往下一棵树后，接着再转向下一棵，下一棵。一步步远离那棵洞巢树。

从此，那里成了我的禁地。大斑啄木鸟一般以洞巢树为中心在二百五十平方米范围觅食，那两棵长香菇的橡树倒木在它家附近。再过一个月，等幼鸟平安出巢我再去采二茬香菇吧。那时鸟妈妈带子女进林子练习捉虫本领，再不会打扰它们了。

大斑啄木鸟每年秋天造巢，它放弃的旧巢常有椋鸟、白腹鸫、山麻雀等鸟类入住；红尾鸲、家雀、大山雀、蚁、小鸮也有来安家的。我曾在一棵有啄木鸟洞巢的橡树根部发现一堆黄澄澄的五灵脂米（小飞鼠粪便）。这说明鼯科小飞鼠看中了这个新居。蝙蝠也有乔迁其中的。这些留存几十年的树洞，每年至少有一半被各种鸟类住满。大斑啄木鸟常年在树上大量捉虫，其中八成是小蠹虫、天牛及吉丁虫，是森林最凶恶的敌害。在防护林带，它往往能把百分之九十的害虫肃清。

在大斑雕花树桩向上走，东南方两公里处，是我新发现的黑啄木鸟的领地，相反方向一公里，是绿啄木鸟的领地。如果上山的目的是去看啄木鸟，我会从绿、斑、黑三种啄木鸟的领地沿山路依次向上走。有一天，刚入次生林，透过繁密的灌木丛，觉得林子里有个东西在动。蹲下身去，见一只绿啄木鸟在地上蹦蹦跳跳向前，还频繁低头在地面啄食。啊，它正跟着地面的蚂蚁纵队前行啄食蚂蚁呢。它真聪明，用这种办法取食，很快就能吃饱。

由于绿啄木鸟尖喙质地较软，远不如黑啄木鸟强大如钢凿的喙，所以它们的食物很不一样。黑啄木鸟大多吃朽木蠹虫，食谱单一。绿啄木鸟食谱广泛，树皮缝中小虫、浆果类、树木种子、蚁类等都是它心爱之物。

没想到，它前面出现了一块石头。显然蚂蚁纵队在石头缝里照旧行军，丝毫不受影响。它也想登上石头，继续美食之行。那石头有个七十多度的陡面，高尺余，啄木鸟想爬上去。

它长着一双善于攀登的足爪，上去应该没问题。可是，只向上抓挠了两步，它便滑了下来，摔了个大马趴。我笑，它每只脚上都有三个长长的前爪和一个后爪，尖利有钩，攀树如耍杂技，怎么会上不去呢？想必它也是这么想的。于是又向上爬，于是又一次滑下来，而且摔得更惨。我大笑，若不是亲眼所见，谁会相信在高大笔直的光滑枯树干上灵活攀行的啄木鸟，会一次次从矮石头上滑下来呢？

太滑稽了，简直是动画片里的场景。蚂蚁们看见这个场面，也会捧腹大笑吧？

我的笑声惊动了它，急扭头看我，似乎面露窘态。悔意十足地呱一声叫，急振翅飞入丛林，藏在一个矮树桩后，再不露面。那是它喜欢的落脚之地。以前路过，它总露出半边脸窥视我，看来这次真的糗大了。

虽然我一直绕着大斑啄木鸟的洞巢树走，还是能看到这一家子忙碌的身影，听到愉快的鸣声和快速叩木声。

日子长了，它们也不太怕我了。有一次我在小路的倒木上休息，忽觉头顶落了些碎屑。

抬头看，是两只出窝不长时间的小哥儿俩，正在身边的枯杨上捉虫。一只将尖嘴伸进洞内，又迅速

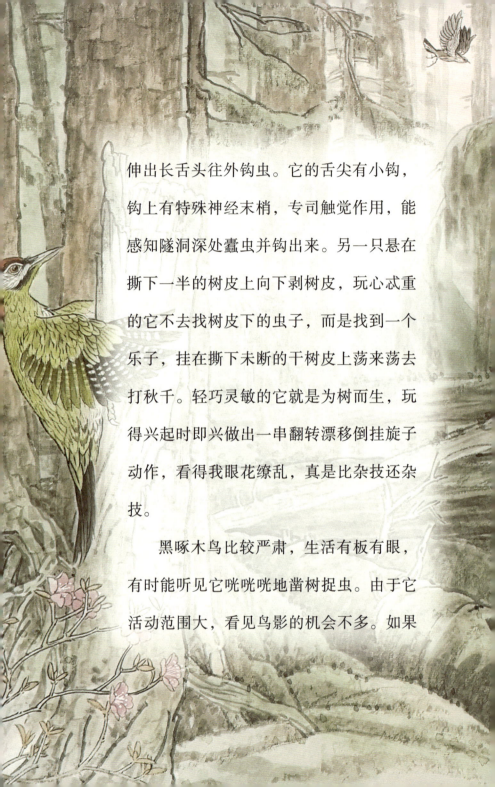

伸出长舌头往外钩虫。它的舌尖有小钩，钩上有特殊神经末梢，专司触觉作用，能感知隧洞深处蠹虫并钩出来。另一只悬在撕下一半的树皮上向下剥树皮，玩心忒重的它不去找树皮下的虫子，而是找到一个乐子，挂在撕下未断的干树皮上荡来荡去打秋千。轻巧灵敏的它就是为树而生，玩得兴起时即兴做出一串翻转漂移倒挂旋子动作，看得我眼花缭乱，真是比杂技还杂技。

黑啄木鸟比较严肃，生活有板有眼，有时能听见它咣咣咣地凿树捉虫。由于它活动范围大，看见鸟影的机会不多。如果偶然碰到，它也并不怕人，相距十米左右才从容飞离。那次意外遇见它，它正在一根大倒木上剥树皮捉虫。它起劲地掀开一张张干朽的树皮，飞快地把一只只蠹虫吞进口中。它是个大食客，国外鸟类学者曾在一只黑啄木鸟的胃中捡出九百一十三个以蠹虫为主的对森林威胁极大的害虫，其中各种蠹虫及蠹虫幼虫八百七十九个，还有云杉天牛、叩头虫、吉丁虫等有害甲虫。眼下这只黑啄木鸟只顾埋头进食，没看到倒木末端是一只灰松鼠的餐桌。

灰松鼠端坐在一颗大松塔旁，飞快剥出一粒粒松子，存入两腮的颊囊。大鸟把碎树皮、朽木碴扬得四下飞溅，渐渐接近灰松鼠。松鼠扭头看见这个不速之客，立即尖叫抗议。周围丢弃的七八个被剥光松子的松塔表明，这地方是它常用的餐桌，它不想放弃。可啄木鸟抬头看它一眼，仍旧埋下头去揭朽树皮，还把朽木块丢向松鼠。

　　喳喳喳……松鼠发出一阵抱怨，叼着松塔上树逃避，它惹不起这个嘴爪锋利、力大无比的红头顶黑色大鸟。这是只雄鸟，头顶红彤彤地耀眼，十分醒目。

　　初秋时节，当年生的啄木鸟喜集群。这些小小子儿小丫头十几只一伙，在树林里到处游荡，寻找各种熟透的浆果和树木种子，个个都吃成小胖墩，好平安度过寒冬。

　　有一天，我从林子里出来，忽听四周一片喧闹，猛抬头，周围十几只红白黑羽色簇新的大斑啄木鸟，高低错落分布在矮树丛和草地上。我立刻手忙脚乱，不知该拍哪一只好。结果一声警哨，大家呼啦啦一齐起飞，遁入树林。

　　当年生绿啄木鸟也爱结群，它们的羽色在阳光下嫩绿透黄，润泽有光，与老鸟的灰绿成鲜明对比，很好辨认。我试着跟了两次，可人家很机警，根本不给我机会，两次都眼巴巴看着它们飞远。

　　就在那年的冬天，一只当年生绿啄木鸟做了我家的客人，还吃了一顿丰盛的早餐。

第十章

给小鸟做了"人工呼吸"

　　十二月的一天，我早饭后上山。沿熟悉的啄木鸟小路一直向上走，来到大斑雕花木桩旁。见周围薄雪上有一片新鲜的动物脚印，于是仔细观看。四个圆圆的豆粒大趾垫，前端有细小如笔尖的尖爪痕，掌垫有拇指肚大小，像一朵朵五瓣雪绒花。伶鼬足迹，凌晨时它来这寻找在空筒子树桩里絮窝的小鼠。我立刻放轻脚步，这小家伙全身雪白，姿态优雅，却是个凶悍的野鼠杀手。万一它还在树洞里捕猎或进食呢，这是个贪吃的主儿。空心树肚内宽大，足可容两人，我很可能拍到它。

　　探身进去，草草打量一圈，地面朽木碴中有细碎模糊的足迹，却无小动物的银白身影。抽身出来，忍不住又去观察奇妙的朽木花纹。

突然，树桩顶端另一侧传来噗噜噗噜鸟儿轻悄扑翅声，显然有鸟儿落在大树桩顶，接着传来笃笃笃啄木声。啊，啄木鸟，怪不得振翅呼呼生风。

我曾听过翠凤蝶在耳畔飞舞之声，听过山雀在身边的飞升声，听过榛鸡从脚下雪窝里跃起声，听过雉鸡从蒿草丛中飞逃声。它们拍打翅膀的声音或强或弱，或疾或舒，或低或高，但都有一个共同特点，就是有力，强有力的双翅拍打空气的劲风声。这类声音平时听不到，常上山的人却很熟悉，也不易忘记。

接下来听到噗噜噗噜疾速有力的扑翅声，心头一震，太有力了，从未听过这么急剧的劲风声。然后传来几下类似扑打的嘈杂声。

吧嗒。一条黑影从眼前掠过，掉到地上。

一只绿啄木鸟张开双翅，仰面朝天躺在雪地上。看样子，它遭到突然强力打击，昏厥后从树桩上掉了

⊙ 仔细看昏死的鸟儿，一眼可辨出它是个少年郎。它嘴尖微
　张，双眼紧闭。

下来。

我双手捧起昏死的小鸟，翻来覆去察看，无一丝生命迹象。抬头向树桩顶部看去，想找到袭击它的天敌。估计是一只鹫，只有鹫才具备如此强劲的打击力道。这附近有大鹫活动，还见过普通鹫的身影。这时，一只大斑啄木鸟从树桩背面飞离，在空中划出一条起伏的波浪线，投入不远处的密林中。

明白了，被击晕的绿啄木鸟是当年出生的，这是未满周岁的顽童少不更事，误入大斑啄木鸟的领地觅食。大斑啄木鸟恰巧在附近，为捍卫领地当即扑过来展开攻击。我听到的急促扑翅声，就是领地主人在进攻中挥翅击打对手发出的。另外，它的尖嘴坚如利凿，绿啄木鸟绝不是它的对手。一旦被它啄中脑门或抡翅打中头部，就会立即失去知觉。

怪只怪这只小绿啄木鸟不懂规矩，竟敢独闯别人家的领地。攻击它的可能就是那只大斑啄木鸟妈妈，人家是主人呀，守土有责。

　　仔细看昏死的鸟儿，一眼可辨出它是个少年郎。它嘴尖微张，双眼紧闭。头额一抹艳艳朱红延至后脑，两颊下方有似两撇长胡须的淡红羽纹。颏下及胸膛纯白，腹部至尾下现淡墨勾勒样大片尖角鳞斑，洒脱中蕴含精致。背部和翼上覆羽簇新油亮，翠绿中透出淡淡嫩黄，整个后背羽面闪动着年轻生命特有的柔润光泽。双翅下端凸显一道点缀鲜明银斑的黑晶晶条纹，似胁下华丽裙带。尾巴宛如一束窄扁的羽刷，坚挺出两叉有花斑的尾尖，可看出支撑身体的硬度。整个身形紧绷颀长，若高踞树顶，一定尽显俊秀苗条身姿。它也许就是我的那对绿啄木鸟邻居的第一窝后代。深秋时我见过鸟妈妈带孩儿们在山荆子树上蹿下跳大吃熟透的浆果，可现在它却软沓沓毫无生气。

　　真心疼啊。我将热乎乎的鸟儿身体贴在脸上。咦？那软毛披覆的小胸口似有微微心跳。是的，是心跳。

咚、咚、咚——极微弱的搏动。仿如初夏林中触碰脸颊的毛杏，微风里摇曳的花蕾，朽木上初生的蘑菇，林地上新生的嫩树芽，草窝里幼狍伸出的湿热舌头……轻轻，轻轻地触动我的面庞。

它还活着，但陷入深度昏迷，不知还有没有救。

情急之下，我把它捧至嘴边，用嘴唇衔住冰凉的鸟嘴，试着做嘴对嘴人工呼吸。一股淡淡的微腥羽毛气息袭入鼻孔，小小心脏轻叩手心。这弱小的鸟儿的生命多顽强啊。它不会死，不会的。

人工呼吸不见效，我只好小心捧着盛着鸟儿的毛线帽回家。进门后马上找一个纸盒，铺上软布，把鸟儿放进去。拿一只小碟子盛了水，用棉签蘸着水轻触它微张的嘴角，试着让它喝点水。然而，心急笨拙的我把棉签浸得过饱，不小心把水滴在了它紧闭的眼皮上。在它的喉咙滴了几滴水之后，便去翻看今天拍摄的照片。忽然，我感觉有些异样，似乎被什么人盯着看。回头向盛着昏厥鸟儿的纸盒看去——

哇，纸盒中探出个木呆呆的鸟头。它那沾着水珠的眼皮睁开了，阴影中由亮橙变暗黄的琥珀色鸟眼正一眨一眨地盯着我，乌黑的瞳仁闪出一星亮亮的光点。

我看花了眼吗？不，是它，醒来的绿啄木鸟。它惊讶地正盯着我——这个古怪的两条腿高个子动物——看。

它醒过来了，没死！

我赶紧拿起在途中向农户借来的旧鸟笼，一步步靠了过去。它显然未彻底醒来，仍瞪着圆滚滚的眼睛，茫然不解地呆望着我。

轻轻捉起它的身体，稳妥放进笼中。它屈膝蹲在那儿，前后不稳晃动几下，慢慢趴在我事先铺好的朽木渣堆上。啄木鸟妈妈产卵前都在巢底铺一层朽木渣当产床，我这是跟它妈妈学的，让它有回家的感觉。再放入盛了苞米 子的小碗和水碗，又找来一把蓝莓果干放进去，它爱吃什么就吃什么随意选。好歹算给这个小客人布置了一个暂住地，安置它在我家住一晚吧，一旦恢复正常，马上放归山林。

它安稳地趴在笼子里，别看它平时眼神明亮，现在却十分呆滞，茫茫然不知发生了什么，也不知身在何处。好哇，只要不扑腾不乱闹就行，好好睡一晚，但愿你明早一切如初，重回森林重回蓝天。

夜深了。上床之前我又去看看它，鸟儿大都是雀盲眼，天色昏暗即睡，它也如此。只见它眯着双眼，似已进入梦乡。多年来，我都是一个人睡，今夜有它陪伴，该睡个安稳觉了吧。

一觉睡到天亮，醒来第一件事就是去看它。咦？笼子里空空的，它不在！

为它准备的苞米子、水、蓝莓果干一点儿未动。

再看，笼子侧面有个洞。这笼子太老旧，它瞅准栅格稍宽的地方硬挤出去了。鸟类天明即起，冬天六点钟已天亮，依天性起早的鸟儿当然不甘心大清早待在笼中吃现成的，它要自由啊。

四处寻找，啊，它在窗帘盒上落着哩。满屋子抓鸟的经历我有过，费时又狼狈，不去管它，先做早饭，吃过饭再想法子送走它。

挂面下锅，从冰箱里拿出一小团肉馅，再切些青椒丝做个打卤面。把肉馅放菜板上，转身去门廊储物篮拿青椒，准备洗净切丝。从门廊回到厨房，咦？肉馅怎么少了？再看，是少了，凭空少了一个边角。

奇怪，谁干的？屋里没别人呀。哈，对了，有只早起的绿啄木鸟，它有起早觅食的习惯。

对，试试它。我转身又去门廊，但关门时留条缝隙，从门缝往屋里看。只见那小家伙一展翅，划了个简捷的弧线，落在菜板上。噔，叨了一口肉馅，转身飞回窗帘盒，一仰脖咽了进去。

好一个爱吃荤的小家伙，一切干得干净利落。它似乎知道自己的做法不好，见我出门后才下来偷吃。

瞧，它又展翅下来，落在菜板上。噗，又叨一口肉馅，转身飞回窗帘盒，一仰脖又咽了下去。

饿了就吃，拣自己喜欢的吃，天性使然。动物的一切行为均依天性，无半点虚伪。作为人类的我，对它只有尊重。给予它及所有动物应有的尊重和帮助，是人类应尽的本分。

我站在门边不动，看着它一趟又一趟飞下来，把那小团肉馅吃光。它大概饿坏了，吃得胸前的胃囊鼓胀如球。

我轻手轻脚进屋，打开通往阳台的大窗。拿起长笤帚一下一下轻轻挥动，把它赶向窗口。它害怕挥动的笤帚，本能地四下张望寻找出路。我见过径直撞向玻璃窗撞昏的小鸟，也听说曾有猫头鹰撞在玻璃房上

⊙ 再见了，淘气的少年绿啄木鸟，我们俩将来还会见面的。我
目送它的身影化成一个小黑点，渐渐消失在远山林海中。

夭折的。所以很小心地把它往开窗的方向驱赶。它也真争气，先落在窗边的窗棂上，探身向窗外看了看，纵身跳出窗外，箭一样飞蹿出去。

早霞在它身上映出绿金色的光，随着它在空中的身影波浪般起伏忽明忽暗，像一条远去的金绿交织的明亮线条，笔直飞往西南方向的原始森林。我目送它的身影化成一个小黑点，渐渐消失在远山林海中。

再见了，淘气的少年绿啄木鸟，我们俩将来还会见面的。我不指望能认出它，更不指望它记得我。只希望它平平安安生活在森林家园中，只希望能年复一年听见它那脆快嘹亮的鸣唱。

第十一章
唤醒春天的奏鸣曲

二〇一二年春天，我行走在那片熟悉的绿啄木鸟领地边缘。远山近林依然鼓声阵阵，鼓声中不时夹杂这些热情小鼓手脆脆的鸣叫。忽然，耳边响起一阵轻轻的扑翅声。循声望去，一只鸟影渐渐远去。虽然是逆光，但飞行轨迹表明，那是一只啄木鸟。

是绿啄木鸟吗？我紧盯住鸟影，恰巧它敛翅落在一棵大树中间的分杈处。阳光正好，那是一只在明亮阳光下头冠红艳羽色翠绿的雄性绿啄木鸟。树的分杈处长一截被风吹折的筒状枯桩，大碗口粗，半人高。它歪脖打量一下枯桩，接着沿桩身向上攀爬至上部。停顿一下，张开双翅，做出环抱枯桩的动作，紧紧抱住它。然后脖颈挺直，头部发生一阵快速抖动，嘟嘟

嘟嘟嘟——一阵脆亮中带点刚硬调子的木鼓声传入耳鼓。

我的心震颤了一下。绿啄木鸟击鼓，这个我从未看到的景象终于得偿夙愿。眼前的它，张开双翅抱着木鼓，敲出一串串悦耳的鼓声。我不懂那棵枯树的种类，它懂。它能从千万棵树木中，找出自己要的那只木鼓。同时，它不但会敲鼓，而且像一个演奏家一样，懂得抱持怀中的乐器，演奏出一串串唤醒春天的奏鸣。

我目不转睛地盯着起劲击鼓的它，是那只来我家做客的少年绿啄木鸟，还是它的兄弟？认不出，真的认不出。不过，是哪个无所谓，反正那是一只绿啄木鸟家族的成员。它在早春阳光中欢快击鼓，准备建立新家庭。

⊙ 绿啄木鸟击鼓，这个我
  懂那棵枯树的种类，
  要的那只木鼓。

嘟嘟嘟——一阵脆亮中带点刚硬调子的木鼓声传入耳鼓。

我的心震颤了一下。绿啄木鸟击鼓，这个我从未看到的景象终于得偿夙愿。眼前的它，张开双翅抱着木鼓，敲出一串串悦耳的鼓声。我不懂那棵枯树的种类，它懂。它能从千万棵树木中，找出自己要的那只木鼓。同时，它不但会敲鼓，而且像一个演奏家一样，懂得抱持怀中的乐器，演奏出一串串唤醒春天的奏鸣。

我目不转睛地盯着起劲击鼓的它，是那只来我家做客的少年绿啄木鸟，还是它的兄弟？认不出，真的认不出。不过，是哪个无所谓，反正那是一只绿啄木鸟家族的成员。它在早春阳光中欢快击鼓，准备建立新家庭。

⊙ 绿啄木鸟击鼓，这个我从未看到的景象终于得偿夙愿。我不懂那棵枯树的种类，它懂。它能从千万棵树木中，找出自己要的那只木鼓。